I0684137

L'AMOUR

DE

LA TERRE NATALE.

ODE.

L'AMOUR

DE

LA TERRE NATALE.

Ubinam, aut quibus locis te positam, patria rear ?
Cupit ipsa pupula ad te sibi dirigere aciem.

CAT. DE BEREC. ET AT.

CHALON-SUR-SAONE ,

IMPRIMERIE ET LITHOGRAPHIE DE J. DEJUSSIEU.

1859.

A LA FAMILLE

LAVIELLE-DUBERCEAU,

EN SOUVENIR DE SON AFFECTUEUSE HOSPITALITÉ
ET EN TÉMOIGNAGE DE BEAUCOUP D'ATTACHEMENT
ET DE RECONNAISSANCE.

J. C. M. A....

Paris, 1821.

L'AMOUR

DE

LA TERRE NATALE.

ODE.

La vie est un désert, mais le pays natal en est l'oasis.

L'Abbé G......., *Voyage à Alger*.

—

Laissons le voyageur vainement se flatter
Que le bonheur l'attend aux rives étrangères.
Un instinct bien plus sûr nous défend de quitter
Le séjour de nos pères.

Ulysse, aux bords du Xanthe, à regret descendu,
Songe aux lieux habités par la fille d'Icare ;
Il s'arrête, et contemple, immobile, éperdu,
  La mer qui l'en sépare.

Ilion est en cendre, et le Grec sur les flots
Voguant avec ardeur, consolé par la gloire,
En sa course a cueilli les fruits du doux lotos,
  Sans perdre la mémoire.

L'aspect de son pays à ses yeux retracé,
Pendant ses longs malheurs ranime son courage ;
Et le héros regrette, au palais de Circé,
  Son Ithaque sauvage.

Les monstres que Scylla recèle dans ses flancs,
Charybde si funeste aux fragiles carènes,
Lui causent moins d'effroi que les accords touchants
  Des trompeuses syrènes.

Une déesse en vain veut le rendre immortel ;
Il préfère mourir aux lieux qui l'ont vu naître.
Ses vœux sont exaucés, et le toit paternel
  Va retrouver un maître.

Ainsi le noble feu dont la sainte ferveur
Est semblable à l'amour qu'une mère chérie
Inspire à ses enfants, échauffe aussi mon cœur,
    Au nom de la patrie.

Non, je n'ai pas perdu l'aimable souvenir
Des champs où s'écoula ma trop rapide enfance,
De les revoir un jour j'éprouve le désir
    Et garde l'espérance.

Qui me ramènera sur ces bords enchantés
Dont la vague écumeuse argente la ceinture ;
Où l'astre des saisons, par d'éternels étés,
    Entretient la verdure ?

Où l'arbre aux pommes d'or s'élève et s'arrondit,
Du parfum de ses fleurs embaumant le rivage ;
Où croît le cocotier, où l'ananas mûrit,
    Couronné de feuillage ?

La féconde nature en ces lieux prodigua
Les plus riches trésors de sa vaste corbeille :
L'arèque au tronc moelleux, l'ombrage de l'inga,
    Et la mangue vermeille.

Et ce fruit globuleux que pour les arsenaux,
Dans les flancs du creuset sut imiter Bellone ;
Et ces grains adoucis par le miel des roseaux
    Que l'Africain moissonne.

C'est là qu'emblème heureux d'un chaste sentiment,
La sensitive échappe à la main qui la touche.
Ainsi la vierge fuit le baiser qu'un amant
    Veut ravir sur sa bouche.

Ah ! respirons encor les zéphirs alisés !
Nocher, livrons la voile aux caprices d'Éole,
Et guidons notre nef sur les flots embrasés
    De Neptune créole.

Au gré de mon envie on s'éloigne du port,
Et dans le sein des mers, qu'elle entr'ouvre et déchire,
La proue en longs sillons dirige son effort
    Vers le but où j'aspire.

Volez, ô mon vaisseau, sur le liquide azur !
Qu'au chant des alcyons une brise légère
Me ramène dans l'île et sous le chaume obscur
    Où me berçait ma mère !

Notre course s'achève, et mes regards ravis
Reconnaissent au loin la terre qu'on signale :
Hâtons-nous d'aborder à la plage où jadis
    Vivait le cannibale.

Je n'y demande pas ce que Colomb cherchait,
L'or funeste au repos, au bonheur inutile ;
Mais le réduit champêtre où Rousseau se cachait,
    Dégoûté de la ville.

J'aime aussi les hameaux : c'est là que des mortels
Les jours coulent en paix, ainsi qu'une onde pure ;
Et c'est là qu'on s'endort dans les bras maternels
    De l'auguste nature.

Mon rustique manoir, je ne vous quitte plus !
Aux cités trop longtemps, à mes chagrins en proie,
J'ai vécu loin de vous : aux champs d'Alcinoüs
    Je reviens avec joie.

Dans les salons dorés habitent les soucis ;
Et le bonheur m'attend aux agrestes demeures,
Où vos longs entretiens, mes fidèles amis,
    Abrégeront les heures.

Suspendons le hamac sous les palmiers en fleur ;
Que je voie onduler leur feuillage mobile !
Ah ! laissez-moi goûter le calme et la fraîcheur
    En ce riant asile !

Pour jouir des tributs de mon humble cellier,
De la raison austère évitons la contrainte ;
Et la gaîté bientôt, du toit hospitalier,
    Animera l'enceinte.

Mes joyeux compagnons, n'offrirai-je avec vous
Qu'à la seule amitié d'innocents sacrifices ?
Non, non, aux tendres cœurs un sentiment plus doux
    Promet d'autres délices !

Venez, jeunes beautés, aux attraits ingénus !
Reconnaissez ma voix, fraîches Américaines !
Vierges aux cheveux noirs qui baignez vos seins nus,
    Au cristal des fontaines !

Je veux revoir vos fronts, de pudeur rougissants
Sous les chastes baisers, gages de ma tendresse ;
Je veux qu'amour encor vienne embraser nos sens
    De sa charmante ivresse.

Mais quel bruit importun a troublé mon sommeil ?
Mon bonheur qui s'enfuit n'a donc été qu'un songe !
Adieu, rêve trop court, dont un fàcheux réveil
    Dissipe le mensonge !

Ah ! dans la nuit souvent replacez sous mes yeux
De ces objets si chers les images fidèles !
Les douleurs de l'exil, par ce prestige heureux,
    Deviendront moins cruelles.

NOTES.

Où l'arbre aux pommes d'or, etc.

L'oranger, autrefois très-commun dans les Antilles, en a presque complètement disparu depuis l'invasion d'une espèce de coccus. M. de Traversai, dans son roman de *Zébédar et Carina*, dont la scène est à la Martinique, parle des parfums de la fleur d'oranger, que la brise de terre apporte aux bâtiments mouillés dans la rade de Saint-Pierre. Cette ville est en partie située au pied du Morne-d'Orange, qui tire probablement son nom des orangers qu'y avaient plantés les premiers colons.

Où croît le cocotier, etc.

Les relations des voyageurs ont fait connaître le cocotier, dont les différentes parties fournissent des cordages, des vases, et plusieurs substances comestibles, telles que l'amande du fruit et le faisceau de feuilles roulées qui termine la tige.

L'ananas est aussi très-commun en Europe, où on le cultive avec succès, et où on l'apporte des îles Lucayes depuis l'établissement des bâtiments à vapeur.

L'arèque au tronc moelleux, etc.

L'arèque est ce qu'on nomme palmiste dans les colonies. C'est le plus beau des palmiers, comme le cocotier en est le plus utile. On en fait de magnifiques avenues, et on mange aussi les jeunes feuilles de l'arbre avant leur entier développement.

L'inga est un arbre de l'ordre des légumineuses, à feuillage épais, qu'on plante en rideaux dans les caféières, pour les défendre contre l'action des vents violents et des grandes chaleurs.

La mangue est le fruit d'un très-bel arbre des Indes orientales, et qui s'est très-bien acclimaté dans nos Antilles, et y a même produit de nombreuses variétés. Ce fruit, très-juteux et très-sain, déplaît cependant à beaucoup d'Européens, par suite de son odeur de térébenthine.

La grenade, fruit du grenadier, qui a servi de modèle à un engin militaire, plus employé autrefois que dans nos temps modernes. On en cultive plusieurs variétés, distinguées par leurs formes, leur couleur ou leur saveur.

Et ces grains arrondis, etc.

Le café et la canne à sucre, objets des plus riches cultures de nos colonies. Les produits en sont bien connus dans le commerce, l'industrie, et la consommation de l'ancien monde.

C'est là qu'emblème heureux, etc.

La sensitive est assez commune dans les serres des amateurs de plantes étrangères. On est généralement frappé du phénomène qu'elle présente au moindre contact. Ce n'est pas le seul végétal qui jouisse de cette apparence de sensibilité : on la retrouve dans plusieurs autres espèces de mimosa, ainsi que dans un æschynomène et quelques autres légumineuses.

Il est à remarquer que toutes ces plantes (à l'exception de l'inga et de la sensitive) ont été importées dans nos colonies. Elles y ont si bien réussi, que quelques-unes d'entre elles ont même remplacé, dans la grande culture, le tabac et l'indigo, qui faisaient la richesse de nos premiers colons.

Suspendons le hamac, etc.

Ceux qui ont parcouru le continent américain, dans la région des palmiers, ont souvent assisté à un spectacle qui leur rappelait, sur une plus vaste échelle, les ondulations de nos moissons d'Europe agitées par les vents. Quand on arrive au sommet d'une montagne, on découvre fréquemment au-dessous de soi de larges vallées, couvertes de palmiers. Leurs longues feuilles parcheminées, courbées et redressées tour à tour par de fortes brises, reproduisent assez bien, en se choquant entre elles, le mouvement et le bruit d'une mer houleuse.

Vierge aux cheveux noirs, etc.

Ceci a trait à ce qu'on nomme parties de rivière. Il existe à la Guadeloupe, dans le lit d'un de ses nombreux torrents, un énorme bloc de lave, usé et poli par le contact de l'eau. C'est une sorte de cascade sur laquelle on se laisse glisser comme sur les montagnes russes, si fort à la mode, pendant un temps, à Paris. Cet exercice et la fraîcheur de l'eau excitent l'appétit des baigneuses, qui le satisfont avec certains mets du pays, spécialement consacrés à ces sortes de parties.

Les femmes créoles font un fréquent usage du bain froid. Thiéry de Menonville, dans son voyage à Guaxaca, traversa un village où coulait, au milieu de la rue, un ruisseau dans lequel un grand nombre de femmes, assises et légèrement vêtues, lavaient avec soin leurs longs cheveux noirs. Ce spectacle paraît avoir fait sur lui une vive impression.

www.ingramcontent.com/pod-product-compliance
Lightning Source LLC
Chambersburg PA
CBHW061426170626
46811CB00005B/2140